ÉPINAL.

POÈME DESCRIPTIF,

PAR

A. E. BASTIDE,

NOTAIRE.

Prix : un franc.

A ÉPINAL,

CHEZ ALEXIS CABASSE, IMPRIMEUR-ÉDITEUR,

21, PLACE DE L'ATRE.

1838.

ÉPINAL.

ÉPINAL, IMPRIMERIE D'A. CABASSE, 21, PLACE DE L'ATRE.

ÉPINAL.

POÈME DESCRIPTIF,

PAR

A. E. BASTIDE,

NOTAIRE.

A ÉPINAL,

CHEZ ALEXIS CABASSE, IMPRIMEUR-ÉDITEUR,

21, PLACE DE L'ATRE,

ET CHEZ LES LIBRAIRES DU DÉPARTEMENT.

1838.

Faire un poème en vers sur la ville d'Épinal, en s'imposant le devoir de ne point sortir de son enceinte ou du moins hors de ses promenades, et quant à la manière de traiter le sujet, s'en tenir particulièrement au genre descriptif, et renoncer en quelque sorte aux avantages que présentent les charmes de la philosophie dans les divers tableaux de la vie humaine : chacun conviendra que la tâche n'a pas dû être sans difficulté; nonobstant ces conditions, et tout en me défiant de mes faibles ressources d'esprit, qui me laissaient presque sans espoir de terminer ce petit opuscule , j'ai pourtant eu le courage de l'entreprendre , même celui de le finir, et cela parce que ma fidèle et persévérante Muse a puisé dans ces lieux des inspirations qui ne sont que le fruit de mes douces prédilections , de mes sympathiques goûts. Oui ! j'aime Épinal dans sa riante position, dans les lignes ouvertes qui forment ses places et ses rues, ou mieux son plan topographique; dans l'effet extérieur de ses bâtiments, dans l'agréable coup-d'œil et l'influence morale de ses édifices , dans son commerce et le mouvement qui l'anime; en un mot, dans le pittoresque des campagnes qui l'enjolivent et lui donnent une couleur toute romantique. C'est surtout le beau jardin Doublat qui a le plus fourni à ma verve : avouons que ce magnifique lieu, si favorisé de la nature , est admirable par la quantité de ses accidents, tous d'un effet merveilleux, par ses versants agréablement ombragés et embellis d'une riche verdure; enfin, par ses plateaux à grands compartiments et d'une variété de détails qui laissent l'œil et l'imagination dans un enchantement complet. Tout le brillant de cette belle végétation et l'harmonique arrangement de ses parties est bien fait pour enthousiasmer et faire jaillir l'esprit du plus étroit cerveau.

J'ai de même cru devoir payer un tribut aux illustrations vosgiennes, tant regrettées et si dignes de l'admiration publique : en cela je n'ai fait que remplir un devoir; peut-être dans le choix de mes expressions et l'ordre de mes idées, ai-je été au-dessous de mon sujet? A cet égard on voudra bien me tenir compte de la franchise de mes intentions et de ma bonne volonté (1).

Après avoir parlé des institutions de la ville d'Épinal, et des ressources qu'elle offre pour perfectionner l'éducation morale et arriver aux connaissances scientifiques, j'ai pensé aussi me laisser un instant aller sur les douces joies de la vie sociale; sur les frivoles distractions qui, après le bon emploi de la journée, deviennent un besoin pour les personnes aimant à se lancer dans le tourbillon du monde. Ne pas toucher cette corde, l'une des plus délicates et des

---

(1) Des considérations particulières m'ayant obligé de hâter ce travail, il m'a, par cela même, été impossible de recueillir sur les honorables vosgiens qui ne sont plus, et méritant d'être signalés, les renseignements dont j'avais besoin. Aussi ai-je négligé de parler de BEXON, de Remiremont, qui a laissé une *Histoire de Lorraine*, écrite dans le meilleur style, et malheureusement inachevée; de don CALMET, abbé de Senones, homme d'une grande érudition; de l'abbé GEORGEL, de Bruyères, qui a mérité le titre d'écrivain par ses mémoires instructifs; du directeur THOUVENEL, de Sauville, homme indépendant, écrivain consciencieux et l'un des chaleureux défenseurs des libertés publiques; de POIRSON, de Vrécourt, savant géographe, dont les ouvrages méritent d'être appréciés; et de tant d'autres illustrations dans les lettres et dans la carrière militaire, qui, comme ceux déjà cités, font honneur à leur pays.

plus vibrantes de notre système d'existence, c'eut été une lacune dans mon sujet.

J'ai de même jeté quelques fleurs sur l'aimable sexe de cette ville : c'était un hommage à rendre à cette intéressante classe de la société, qui, selon les douces voies de la nature, contribue, avec tant de bonheur, aux éphémères jouissances de la sémillante jeunesse, naturellement galante et avide de courtoisie; enfin, j'ai fini par dire un mot sur le caractère spinalien, et en rendant une entière justice aux mœurs locales qui lui appartiennent et par lesquelles il se distingue d'une manière si tranchée, j'ai encore rempli une tâche qui m'était imposée par la nature du sujet.

Voilà l'objet de mon travail, puissai-je l'avoir achevé de manière à mériter l'indulgente attention des personnes que j'aurai été assez heureux d'intéresser un instant!...

ÉPINAL.

POÈME.

⁂

Exposition du sujet.

Muse, dans mes écrits, réponds à mon attente,
Viens puiser dans mon cœur une ardeur qui m'enchante,
Viens réveiller en moi le moindre souvenir !
Viens, et dans mon sujet, daigne me soutenir !
Explorons de concert Épinal, ville ancienne,
Capitale choisie à la terre vosgienne,

Parlons de son château, voyons ses monuments,
Surtout ceux respectés par la hache du temps !
Suivons ses ponts, ses quais, ses places et ses rues,
Son Champ-de-Mars, son Cours, ses belles avenues ;
Allons un peu rêver dans le temple de Dieu,
Et d'un regard pieux contemplons ce saint lieu ;
Que notre œil attentif embrasse sa structure,
Qu'il juge en un instant sa vieille architecture,
Ses gothiques décors, flattant la piété,
Qui laissent nos pensers empreints d'humilité.
Visitons les salons et leur luxe éphémère ;
De là, portons nos pas vers la pauvre chaumière,
Et laissons notre cœur méditer un instant,
Sur le bien qui nous plaît, sur le mal attristant.
Suivons d'un œil joyeux la Moselle riante,
Roulant ses flots d'argent sur la plage charmante ;
Et de ses bords fleuris, peignons dans l'horizon
Les prés, les bois, les champs, ornés d'un vert gazon.
Esquissons à grands traits les sites pittoresques,
Se déroulant aux yeux en prismes romanesques,
Et dans ses enchanteurs et magiques tableaux
Joignons l'art de la vie au charme du repos :
Qu'enfin tout soit empreint d'une aimable harmonie !
Ah, pour cela, ma Muse, exalte mon génie !

Légue-lui ton toucher, fournis-lui tes crayons,
Qu'on remarque en mes vers le feu de tes rayons!

Sur les scènes de mœurs excite aussi ma verve,
Apporte en mes récits le calme et la réserve;
Mais lorsque mon pinceau peindra la passion,
Le pâle désespoir, la désolation,
Alors fais-moi voguer sur une mer houleuse,
Au milieu des écueils, dans la nuit ténébreuse!
Fais, que mon frêle esquif, sans mâts ni sans agrès,
Soit le jouet des flots sans espoir de succès!
Et si sous un beau prisme un intérêt aimable,
Une pensée heureuse, une action louable;
Si de joyeux vivants, guidés par les plaisirs,
Se laissent entraîner par leurs riants désirs,
Alors étale aux yeux notre liquide plaine,
Ridée en légers plis par une fraîche haleine;
Et mon frêle canot, mollement agité,
Croira se balancer sur un lit enchanté.
Voilà, Muse, voilà ma tâche noble et chère,
J'invoque tes accents, accueille ma prière!

Épinal,
son paysage et le pittoresque de ses campagnes.

Au site Saint-Antoine, à l'ombre d'un poirier,
Tout près de l'ermitage où s'élance un peuplier,
Non loin de ce rocher, sur lequel la jeunesse
Va faire un vœu d'amour plein d'ardeur et d'ivresse!
Voisin d'un vert taillis, où le zéphir léger
Se joue aux alentours, se plaît à voltiger;

De là, sur Épinal, ma vue errait au loin ;
J'admirais son enceinte, et suivais avec soin
Les gracieux contours de la claire Moselle,
Coupant la ville en deux dans sa pente rebelle.
Ma pensée étonnée arrêtait son essor,
Sur les deux ponts jetés de l'un à l'autre bord ;
Elle s'extasiait devant la hardiesse
De celui si léger, si grand, plein de souplesse,
Beau par ses ornements et son fer si tendu,
On le croirait au loin dans l'éther suspendu !...
A ce coup d'œil magique, ajoutons l'avantage
De voir en perspective un quai riche d'ombrage,
Quai, par l'eau séparé, du quartier vaste et beau,
Où les enfants de Mars vivent sous leur drapeau.

Épinal dont l'image égaie ma rétine,
S'allonge en serpentant au bas d'une colline,
Dont les versants fleuris déroulent un tableau,
Digne de l'amateur au délicat pinceau.
Une plaine exiguë, ombragée et fertile,
Forme un cadre riant à cette étroite ville ;
Et plus loin les côteaux, ornés d'un vert taillis,
Font de ses lieux charmants un séduisant pays.

A ce panorama qu'un doux rayon éclaire,
Joignons les lourds clochers et la tour en calcaire,
Les monuments publics, beaux et majestueux,
Qui par leur grandiose étonnent tous les yeux.
Arrêtons-nous aussi sur la vaste esplanade
Que présente le Cours, joyeuse promenade;
Semblable à l'Élisée, on croirait vraiment bien
Voir les grands dômes frais du site parisien.
Ses verdoyants massifs, et ses épais ombrages,
Sont l'attrait du beau sexe et flattent tous les âges;
Puis vient le Champ-de-Mars, où le jeune guerrier
S'instruit pour mériter la palme ou le laurier;
Et sans sortir du lieu, le berceau de Provence
Complète ce tableau, plein d'art et d'élégance,
Tableau qui peint aux yeux du poète inconstant
L'antique Béotie et son ciel éclatant,
Sous lequel l'Hélicon, les dieux et les sylphides,
Exaltent les esprits du merveilleux avides.

Avant que le soleil achève son circuit,
Et que tout soit couvert des ombres de la nuit,
Adieu siége divin, adieu superbe site!
Adieu! le temps me presse, il faut que je te quitte,

Il faut que de plus près j'examine Épinal !
Adieu ! je vais juger et du bien et du mal.
Et toi fille du ciel, Muse chaste et timide !
Ne m'abandonne pas ; sois mon aide et mon guide,
Sois là pour diriger mes moindres actions ,
J'invoque à cœur ouvert tes inspirations !...

Épinal,

ses places, ses rues et son mouvement.

Tout en m'acheminant du côté de la ville,
En penseur recueilli, j'observe, je distille
Ce qui flatte mon cœur et fait vibrer mes sens :
Je veux pénétrer tout dans ses vrais élémens.

Au pont aérien, ma Muse prévoyante,
Arrête mon esprit sur la vague inconstante,

Voulant par là me dire, en ce monde léger,
Comme l'onde qui fuit, tout n'est que passager ;
Dans l'abîme des temps tout périt, tout s'efface !
C'est un flux et reflux qui souvent est sans trace :
Aujourd'hui l'opulence ennoblit ma maison,
Demain vient le revers ; adieu luxe et blason !
Le reste de mes jours est tissu d'infortune,
Le monde est sans pitié, ma plainte est importune !
Des amis d'autrefois, adieu le souvenir !
Ils vous laissent en proie au plus triste avenir...
Celui dont le doux nom dans mon âme résonne,
Muet, reste à l'écart, me plaint et m'abandonne ;
Tout vient se peindre en noir, tout exprime le deuil,
Et la vie en un mot n'est qu'un fatal écueil !
Ah Muse ! tu veux donc qu'en pédant Diogène,
J'écrive sur les mœurs une méchante antienne ?
Fi donc ! fermons le cœur aux rudes coups du sort,
Oublions ces pensers ; et par un doux effort,
Continuons gaîment notre plaisante course,
Et qu'Épinal soit seul notre objet, notre source.
Explorons ses quartiers, sans égard au dehors ;
Vite, allons, hâtons-nous, laissons la droite aux Forts,
Longeons les Orphelins, fuyons devant Thalie,
Et filons sur la place attrayante et jolie.

Ici reposons-nous... Toi, mon esprit pourvu,
Dans ce petit trajet, dis-moi donc qu'as-tu vu?
Une rue en contour, des maisons régulières,
Où n'existaient jadis que de pauvres chaumières;
Des monuments publics, simplement décorés,
L'un à portiques blancs, l'autre à frontons parés.
Admirons donc aussi la place vosgienne,
Où s'assemble parfois la garde citoyenne:
C'est un rectangle ceint de divers bâtiments,
Qui flattent le coup-d'œil, quoique sans ornements;
Deux angles sont garnis de massives arcades,
Formant de grands trottoirs à lourdes colonnades.
Il n'est dans Épinal, point de lieu plus vivant:
Là vous trouvez le fat et le demi-savant,
Le suffisant outré, le vain fashionable,
L'ami que vous cherchez et tout le sexe aimable;
Jusques au vieux rentier, affectant le bon ton,
Vient là se pavaner en bonnet de coton.
Les devants sont parés de modernes boutiques,
Qui flattent l'amateur par leurs effets magiques;
Il est de beaux cafés, où le jeune étourdi,
L'ouvrier, l'artisan et même le dandy,
Courent se délecter d'une bière mousseuse,
Ou du fin carafon, limonade gazeuse;

Et de là chacun sort l'esprit vif, pétillant,
C'est à qui paraîtra plus leste et sémillant.

Sur six points réguliers aboutissent des rues
Qui présentent à l'œil de larges avenues ;
Tous ces gais alentours se montrent commerçants,
Des magasins à luxe arrêtent les passants.
Là, c'est un litographe étalant ses images,
Où la caricature égaie tous les âges ;
Ici, c'est un joaillier, ruisselant de bijoux,
Qui flattent le beau sexe et les joyeux époux ;
Tout près brille la mode, aux formes élégantes,
Qui captive les goûts de nos beautés charmantes ;
Ailleurs, c'est un marchand de mille nouveautés,
Dont le luxe sourit à nos yeux enchantés ;
On voit aussi l'endroit où se fait l'étalage
Des plébéiens tableaux ou la grotesque image :
Qu'ici l'universel et digne Pellerin
Soit noblement cité, gloire à son vieux burin !
Plusieurs places encore, et grand nombre de rues,
Offrent du mouvement, en tous sens sont courues.
Chaque jour se font voir de brillants cavaliers,
Filant par sections, vaillants, jeunes, altiers,

A la tête desquels la musique guerrière
Par sa belle harmonie exalte l'âme fière.
A son tour le roulier se hâte lentement ;
Le char-à-banc léger passe rapidement ;
Non loin fuit devant nous la calèche parée,
Où laquais et jockei par ton sont en livrée.
Et souvent en ces lieux le rusé Savoyard,
En chantant et dansant gagne le menu liard ;
D'autres font manœuvrer la dolente marmotte,
Le chien intelligent ou le singe en capote ;
Comme aussi par moment l'effronté baladin
Devient centre d'un cercle où le peuple badin
Se réjouit de voir un tour de passe-passe,
Qu'un bon mot accompagne ou bien une grimace.
Enfin, dans ces cantons il est des confiseurs,
De friands pâtissiers, de fins restaurateurs,
Des hôtels du vieux temps, aux enseignes livides,
Attirant les chalands de boissons fort avides.
Aussi voit-on parfois des ivrognes gissants,
Sur le pavé boueux encombrer les passants ;
D'autres, tout alourdis, maintenant l'équilibre,
Entre des murs serrés et d'un accès bien libre.
De même on peut trouver le somptueux hôtel,
Où va se délecter le gourmet sensuel.

Là le vrai Lucullus, valeureux gastronome,
Avec profusion peut régaler son homme.
J'abandonne à l'écart les quartiers retirés,
Où près de la vertu gissent des cœurs tarés ;
En ces lieux pervertis, de viles destinées
Flattent les passions, aujourd'hui déchaînées...
Ne nous engageons point dans les scènes de mœurs,
Laissons ce grand sujet à nos graves auteurs ;
Les chants de la vertu, du vice pâle et triste,
Appartiennent au cœur du docte moraliste.
Bref, voilà tout l'effet qu'Épinal offre aux yeux,
Muse, quittons la rue, et voyons d'autres lieux.

O toi! ma protectrice, à qui je me confie,
Ajoute un nouveau charme à ma philosophie;
Ce n'est plus sous l'égout, ni sur le dur pavé,
Au pied d'un monument bien ou mal observé,
Que ma plume légère, et quelquefois rétive,
Voudra mettre à profit mon humeur descriptive;
C'est d'une ombreuse allée ou d'un riant tapis,
Dont mon esprit badin va se trouver épris :

Fais, ô Muse chérie! à jamais complaisante,
Que tu guides toujours ma main faible et tremblante.

Aux entours d'Épinal, il est des lieux charmants,
Où le cœur se repaît de mille enchantements ;
Le joyeux promeneur, dans ses doux exercices,
Éprouve à chaque pas d'énivrantes délices ;
C'est surtout vers le Cours qu'il faut vous diriger,
Si vous voulez jouir d'un bonheur passager.
Là, s'offrent à vos yeux d'agréables allées,
Où l'arbre séculaire, aux branches dentelées,
Laisse à peine glisser quelques faibles rayons
De ce soleil brûlant qu'exaltent nos crayons :
Des massifs sont couverts d'une fine verdure,
Que la brise embaumée ondoie à l'aventure ;
La plaintive Moselle, aux contours ravissants,
Vient rafraîchir ces bords de ses flots caressants ;
Et dans les plis légers des ondes argentines,
On voit se refléter de riantes collines,
Collines dont l'ombrage égaie le vallon,
Et sont pour lui l'abri du fougueux aquilon.
En cet endroit heureux il se fait plus d'un songe :
Le jeune cœur s'endort bercé par le mensonge,

Se laisse aller au jeu d'un riant avenir,
Tout semble lui sourire et flatter son désir.

Au Cours que j'ai dépeint, plateau tout romantique,
Est joint le Champ-de-Mars, lieu non moins poétique,
Élégamment orné d'un verdoyant berceau,
Encor digne du peintre au suave pinceau.
Dans ces lieux enchanteurs, la beauté gracieuse,
La coquette enjouée et la prétentieuse,
Enfin tout le beau sexe, aimable et sémillant,
A flots arrive là, dans un luxe brillant ;
La belle surannée et le célibataire,
Les mamans au teint frais, encor dignes de plaire,
L'heureux fashionable et le jeune étourdi,
Le hableur ennuyeux, le suffoquant dandy,
L'époux pâle et jaloux, tous vont, viennent, se croisent ;
Les yeux sont aux aguets, nombre de cœurs s'embrasent.
Dans ce jeu d'action, l'amour, la volupté,
L'inquiète jalousie et la noble fierté,
Le dédain orgueilleux, la froide indifférence,
Enfin jusqu'à l'ignoble et basse médisance,
Tout a son côté beau, son charme, son attrait ;
Et l'on sort de ces lieux le cœur tout satisfait.

Château et Jardin Doublat.

Vers le jardin Doublat, mon Pégase m'entraîne.
Je suis dans une cour; et là, sans perdre haleine,
En tournoyant sans fin, je grimpe un escalier
Aux cent marches au moins, et j'arrive au sentier
Richement décoré par des plantes rampantes,
Dont la verdure est fraîche et les fleurs odorantes.

2

Dans ce chemin fleuri d'autres viennent s'offrir;
Mon esprit incertain se décide à choisir
Celui qui seul conduit vers la roche percée :
Là, dans un clair obscur j'en fais la traversée.
Sorti de cette grotte, à mes yeux éblouis
Se développe au loin un verdoyant tapis;
Mes pas s'en vont errants dans cette vaste enceinte,
Et les voilà perdus dans un gai labyrinthe.....
Que vois-je autour de moi? Des chemins bien tracés,
Dont les bords sont saillants et partout gazonnés,
De grands compartiments, des plateaux de verdure
Tout émaillés de fleurs d'une riche parure!
Bien près est un massif bordé de dahlias,
Et son pourtour garni de nains acacias;
Non loin, c'en est un autre aux couleurs variées,
D'où la reine des fleurs embaume ces contrées;
Plus haut règne un versant, orné du sombre pin,
Dont le hardi sommet se découvre au lointain;
Dans le fond se dessine un somptueux feuillage,
Peuplé d'oiseaux divers essayant leur ramage;
Là, fuit un grand chemin au travers d'un bosquet,
Dont les rameaux pendants sont d'un magique effet;
Enfin, cet horizon, borné par la verdure,
Semble un palais ouvert aux dieux de la nature!...

M'arrachant de ce lieu, j'entre dans les sapins,
Où bientôt je m'arrête entre deux blancs chemins.
Ici, mon cœur se livre à mille rêveries ;
Je ne songe que bois, que vallons, que prairies,
Et je dis au vieux pin, l'ornement des forêts,
Reçois le doux aveu de mes pieux secrets !
Rien ne me flatte plus que ton aspect rustique,
J'aime à voir ta couleur sombre et mélancolique ;
J'aime ton air aride et ton bois résineux,
Ta feuille bien pointue et tes réguliers nœuds,
Ton sommet atteignant la diaphane nue
Et ta noble fierté sous ta tête chenue !!!

Soudain obéissant à mon zèle inquiet,
Je pars, et me voilà dans un touffu bosquet,
Coupé par un sentier, peu large en son issue ;
J'en sors, et trouve un lieu remarquable à la vue :
C'est un plaisant plateau garni d'un rideau vert,
Dont un coin laisse aux yeux un détroit bien ouvert,
Où s'échappe au lointain un riant paysage :
Tout enfin fait tableau, tout tient un doux langage.
Là, sur un tertre ingrat, un Kiosque fort beau,
En forme d'exagone embellit ce coteau ;

2*

A son extérieur, un élégant portique
En borde le pourtour, et dans un style antique,
Pour couronner l'entrée, est un ancien fronton,
L'œuvre d'un vieux ciseau, plein de verve et de ton :
On y voit en relief la folle Bacchanale,
Où Silène est fêté par sa troupe infernale.

Suivant d'un pas distrait un sinueux chemin,
Ombré parci-parlà du chevelu sapin,
J'atteins le haut d'un mont. O surprise agréable!
O merveille de l'art!... prodige inconcevable!...
Sur ce point culminant, un lac aux claires eaux
Domine fièrement tous les voisins coteaux;
Le cerveau s'en affecte et l'ame en est émue!
Ajoutons au coup d'œil le site dont la vue
S'étend en ruisselant sur la vague des airs,
Et visite, en planant, les vallons, les travers;
O lac!... toi vieux rocher où vient gémir sa rive!
Progné! sa fidèle hôte, à l'aile fugitive!
Et toi grotesque pont, fier de ta vétusté,
Recevez mon adieu mille fois répété!.....

Dans mon émotion plus haut je m'achemine,
Une grotte est tout près, soudain je l'examine :

C'est un passage, ouvert dans le roc en granit,
A la ferme il conduit par une pente à pic.
Hors de là je reprends ma route tortueuse,
J'entre dans un clair bois, sous l'ombre généreuse,
Et haletant j'arrive au pied du vieux château,
Qui, dans sa sombre horreur, est le type du beau!
Debout, sur un tronçon, mon ame recueillie
Est en proie aux accès de la mélancolie;
Les ombres que j'évoque à moi semblent venir,
Et des siècles passés vouloir m'entretenir!
J'interroge ces tours et ce fronton superbe,
Se traînant tristement sous la mousse et dans l'herbe!
Je parle aux chapiteaux, par les ronces couverts,
A ces corps détachés, à tous les yeux offerts;
A ces membres épars, roulant dans la poussière:
Tous instruisent mon cœur de leur beauté première!
Et leurs accents muets attestent que jadis,
Là fut un monument qu'encensait le pays!.....

Eh toi, tombeau sacré, qui, dans ces lieux si sombres,
Brilles de tant d'éclat au milieu de tant d'ombres!
Ton auréole annonce une ame au sein de Dieu!
Et ta noble dépouille, objet de plus d'un vœu,

De plus d'une douleur, tristement agitée,
Sera par nos neveux à jamais respectée :
Accueille mon hommage! Aux morts, chaque mortel
Doit à l'ombre flottante un adieu solennel!...
Vous, arceaux renversés; vous, ogives antiques,
Débris du vieux château, restes académiques;
Armures d'autrefois, objets chers à mon luth!
Je vous quitte à regrets, recevez mon salut!...

Au pied de la ruine, à l'ombre d'un grand chêne,
Ma vue erre au hasard sur la fertile plaine;
Là, mon cœur se dilate, et mes tristes pensers
Flottent de vague en vague en l'abîme des airs.
Je suis dans l'idéal!... je poursuis la chimère
Jusque bien au-delà de notre vaste sphère;
Et revenant à moi, plein de l'esprit de Dieu,
Ému de souvenirs!... j'abandonne ce lieu.
Descendant le versant de l'humble sapinière,
A gauche j'aperçois la rustique glacière,
Et j'arrive plus bas sur un large chemin,
Chemin, d'où j'aime à voir des vieux murs au lointain;
On dirait des géants aux formes fantastiques,...
Ils fixent un instant mes yeux mélancoliques!...

Près de ces murs brisés est la ferme aux lourds toits,
Dont le gai mouvement vous distrait quelquefois :
Elle semble trouver dans la sombre ruine
Un magique relief qui plaît et vous fascine !

Continuant ma route, il est sur les deux bords
Des jasmins, des lilas, de chatoyants décors,
Des flots de lauriers, des plantes exotiques,
Qui répandent au loin des odeurs balsamiques ;
Tout près est un étang et de verts boulaingrins,
Où des arbres groupés forment d'heureux dessins.
Dans ces lieux découpés, à large et vaste enceinte,
On croit être engagé dans un grand labyrinthe.
Vers ces bords est un pont artistement jeté,
Sur un chemin public peu souvent fréquenté.
Ici se développe une nouvelle terre,
Ceinte dans son entour d'une épaisse barrière,
Où de nombreux massifs à grands compartiments,
Jettent l'ame et l'esprit dans mille enchantements ;
Ce sont des tapis verts aux formes dentelées,
Des parterres fleuris, de flexibles allées :
Il n'est rien qui ne plaise, et sur l'émail des fleurs,
On voit du blond Phébus refléter les couleurs.

Non loin, le lac d'azur réjouit par son calme;
Tout assiége nos sens, tout sourit à notre ame!
Un élégant chàlet se laisse apercevoir,
C'est une ombre au tableau que chacun aime à voir.
Il est d'heureux abris, où le cœur qui soupire
Peut se livrer en songe au charme du délire;
Peut, sur un lit de fleurs, au souffle du Zéphir,
Étreindre le bonheur! effleurer le plaisir!...
Partout se fait sentir une suave haleine,
Et cet air embaumé vous séduit, vous entraîne:
Comme l'on peut aussi sous le feuillage épais,
Jouir nonchalamment du calme de la paix;
Voir la terre aux entours qu'un riche émail décore,
Ouvrir son tendre sein aux baisers de l'aurore;
On se complaît encor le long des frais ruisseaux,
A suivre les contours de leurs limpides eaux.
Enfin, dans cet Éden, jusqu'à la volatile,
Les cygnes et les paons, même la biche agile,
Tout dans son harmonie est d'un effet charmant,
Et le cœur se repaît d'un doux ravissement.
Adieu château croulé, bois et tendre verdure,
Adieu tableau vivant de la belle nature!!!

AUJOURD'HUI ce n'est plus le bosquet enchanteur,
Le parterre fleuri, le temps dévastateur ;
Ce n'est plus le bleu lac à crayonner, à peindre,
C'est aux seuls monuments qu'il faudra nous restreindre.
Muse, fais donc frémir mon luth harmonieux !
Sous mes doigts fais vibrer des sons mélodieux !

Fais que dans le parvis, comme sous la coupole,
Je flatte par mes chants le lecteur bénévole.

Salut temple de Dieu! salut vieux monument!
J'aime ta sombre nef, l'autel sans ornement!...
Tes nuageux vitraux, tes gothiques ogives,
Tes arceaux décrépis, tes colonnes massives,
Ta boiserie antique et tes tableaux poudreux,
Tout nous reporte aux temps de nos sages aïeux!
Là, dans ce lieu divin, une ame recueillie,
Avec plus d'onction s'épanche et s'humilie;
Et sans luxe pompeux, ni rien de solennel,
En extase s'élève aux pieds de l'Éternel!...
Prêtre! sur qui reluit le saint titre de juste,
Qui dessers en ce jour ce sanctuaire auguste,
J'ose avancer ici, mu par ta piété,
Que ce temple est tout fier de ton humilité!!!

Toi, pieux édifice, où la triste indigence,
Admise dans ton sein, vit et souffre en silence,
Où souvent elle donne en son funeste sort
Le spectacle affligeant du râle de la mort,

J'aime à te contempler dans tout ton grandiose !
Et si ton saint aspect nous émeut, en impose !
Tu dois cette influence au site merveilleux,
Sur lequel bien assis tu flattes tous les yeux.
Qu'il est beau ce péron, cet escalier superbe,
Dont les coins sont bordés de deux massifs en herbe ;
Que j'aime ton entrée et ces grands corridors,
Cette cour exiguë, où pour simples décors
Des pots garnis de fleurs sur ses bords l'embellissent !
Là, de pâles humains parfois se réjouissent !
Et ton dôme léger, tes salles aux blancs lits,
Où gissent des vivants, aux corps froids, amaigris !
Tout excite au respect, tout flatte ! et l'air salubre
Ravive le malade à l'œil triste et lugubre.
O vous, filles du ciel ! ô vous pieuses Sœurs !
Qui filez votre vie au milieu des douleurs,
Qui, par vos tendres soins appaisez la souffrance,
Et souvent l'amenez au seuil de l'espérance,
Recevez mon salut, et que l'humanité
Rende un fidèle hommage à votre charité !

Aussi trois fois salut, vous Sœurs du saint hospice,
Qui dirigez le cœur de l'orphelin novice,

Qui, depuis le maillot jusqu'à la puberté,
Cultivez cet enfant autrefois rebuté :
Je devais à ce lieu de l'humaine nature,
La juste mention sans faste et sans enflure.

Et toi Salle d'asile, utile monument,
Né d'une loterie où le sexe charmant,
Par ses fins doigts rosés et son ame inventive,
A su fournir des dons que le goût enjolive,
Dons qui, par leur produit, dans le jeu du hasard,
Ont pu contribuer à ce chef-d'œuvre d'art ;
Qu'il est beau ton aspect ! l'idée est prononcée !
Ta destination élève la pensée !
O vous philantropie ! ô mortels généreux !
Qui consacrez la vie à faire des heureux,
Recevez par ma voix, ames nobles et sages,
Le tribut mérité de nos justes hommages !

Toi simple monument qui plais à tous les yeux,
Qui, sans être embelli, nous semble radieux,
Où les arts illustrés richement te décorent,
Où d'habiles talents de leurs pinceaux t'honorent,

Que j'aime à parcourir ton modeste salon,
Dans lequel est en pied l'image d'Apollon,
Où d'autres Déités, aux poses élégantes,
Agissent plus ou moins sur nos ames tremblantes ;
Cet artistique aspect, agréable et flatteur,
Fixe, non sans plaisir, les yeux de l'amateur.
Juste ciel! quelle est donc cette belle héroïne,
Au panache flottant, à la face divine,
L'œil ardent, enflammé, sur qui luit un rayon
Qui lui fait méditer une grande action?
—C'est l'humble Jeanne-d'Arc, Vosgienne éprouvée!
Son immortelle vie est sur l'airain gravée!...

Ah! combien ces tableaux intéressent le cœur,
Ils captivent l'esprit du plus léger penseur!
Honneur te soit rendu, Gelé, célèbre artiste,
Qui peignant les lointains fut si grand moraliste!
Dans ces lieux nous devons à tes hardis pinceaux
La reproduction de nos sites si beaux!...
Et les chefs-d'œuvre d'art de l'heureuse industrie,
Fièrement exposés dans l'humble galerie,
Chefs-d'œuvre honorant l'inventeur Vosgien!
On reconnaît en lui le mécanicien ;

L'artiste distingué, plein d'ardeur, de courage ;
L'homme au génie ouvert, jaloux de son ouvrage!...

Mais qu'est-ce donc ici que tous ces minéraux,
Attestant du savant les précieux travaux ?
— La roche vosgienne en riches dons abonde,
Jusqu'au cœur des granits la nature est féconde ;
Et dans ses grands secrets laisse luire aux humains,
Combien elle est puissante et sage en ses desseins !...
Muse, quittons ces lieux, et chantons en cadence,
Gloire au dieu des beaux-arts ! honneur à la science !

Eh! quel est donc encor cet autre bâtiment,
Digne d'être admiré, quoique sans ornement ?
— Là, l'émulation, comme à l'Académie,
Rivalise parfois de talent, de génie!
Noble Société, qui n'admet dans son sein
Que l'érudit connu, le profond écrivain :
Objet d'un saint respect, corps digne de ma lyre !
La France t'apprécie et ton pays t'admire !...

Hâtons-nous donc d'atteindre au haut de l'escalier,
Entrons dans ce salon où tout semble briller.

O vous livres poudreux de la Bibliothèque!
Manuscrits du vieux temps, à l'écriture grecque ;
Vous, illustres auteurs placés dans ces rayons,
Où l'on peut aisément distinguer vos grands noms :
Salut noble Gilbert, grandi par le martyre!
Toi qui, si jeune encor, soutenu par ta lyre,
Disais au sol natal un adieu frémissant,
Espérant de ta Muse un accueil caressant....
Le malheur t'attendait!... Sous les traits de l'envie,
Tu devais épuiser la coupe de la vie !
Auteur infortuné! que de maux, de soucis
N'as-tu pas essuyé dans ce bruyant Paris!
Là, le stérile espoir d'une gloire incertaine,
A fait fuir tes beaux jours, assombris par la peine ;
Ton talent méconnu, tes besoins rebutés,
Abreuvé d'amertume, en proie aux cruautés,
Tu crus devoir saisir l'arme de la satyre,
Et plein de Juvénal, par ton fiel, sans médire,
Tu sus faire sentir aux vaniteux humains,
Dans leur injuste orgueil, combien ils étaient vains!...
Accablé de dégoûts, sentant venir ton heure,
L'hôpital fut alors ta dernière demeure!!!
Triste séjour pour toi, dont les nobles pensers,
Ennemis de ton siècle inconstant et pervers,

Eurent seuls à combattre une philosophie,
Où le vice en honneur empoisonnait la vie.
Némésis, aurait dû, sensible Vosgien !
Te réserver un sort plus heureux que le tien :
Aujourd'hui, tous les cœurs pleins de ton harmonie,
Rendent un juste hommage au fruit de ton génie !
Reçois donc de mon luth, illustre nourrisson,
Le sonore soupir que j'adresse à ton nom !...

O Pellet ! tu m'émeus !... Là, je vois le volume
Où pétille l'esprit de ta modeste plume.
Toi, tu vivais joyeux ! l'amitié, ce saint don,
T'obligeait par penchant à l'aimable abandon.
Fatal destin ! pourquoi, pourquoi, Parques sévères,
Avoir sitôt brisé des jours aussi prospères ?
Nous avoir arraché le philantrope heureux,
L'ami sincère et bon, le cœur si généreux !
Ah ! ton pays en deuil et ses riantes cîmes
Se souviendront toujours de tes accords sublimes !...
Et soit près du malheur, soit au brillant banquet,
Partout on prônera le vertueux Pellet !...
Aujourd'hui, joyeux Barde, une tombe nous reste,
L'œuvre des Vosgiens ! Sa structure est modeste ;

Et nos futurs neveux, dans le long cours des ans,
Viendront te ranimer de leurs plaintifs accents!...

Dans ces rayons plus bas, à qui donc ces ouvrages?
— A l'homme universel, digne de nos hommages!
François de Neufchâteau, Vosgien éprouvé,
Qui dans nos souvenirs doit être conservé!
Tout à la fois poète et ministre de France,
Il a conduit l'État et chanté la romance;
Agronome profond, sa rare habileté
Lui vaut un nouveau titre à l'immortalité!...
Ici je vois encor nombre d'autres volumes
Qui ne sont point classés dans les livres posthumes;
Leurs auteurs existants nous prouvent clairement
Du Vosgien lettré l'habile entendement;
Le penseur érudit cultivant la science,
Et suivant du progrès l'instructive tendance.
De ces hommes de cœur proclamons le talent,
Leur pays pour l'honneur sur l'airain les attend!...

Muse, portons nos pas au temple de Thalie,
Remarquons son théâtre et sa face jolie.
O simple monument! dans tes proportions
Tu sembles te prêter à nos émotions;

Ton lustre, tes décors, et la scène exiguë,
Tes loges, ton parquet, tout vient flatter la vue;
Et l'on arrive là, souvent à flots pressés,
Pour voir quelques acteurs aux gestes cadencés;
Leur art jaillit surtout dans le fin vaudeville,
Ainsi que dans le drame, au passionné style;
Ils chaussent encor bien l'élégant brodequin,
Mais du cothurne vieux ils s'orneraient en vain!...
De ce lieu de plaisir, orné de beaux portiques,
Je sors tout imprégné de sujets sataniques....

Soudain, je m'achemine au temple de Thémis;
Là, d'autres sentiments à mon cœur sont soumis:
Ce moderne édifice aux mortels en inspire!
L'âme se sent émue! et dans son saint délire,
Croit voir sur leurs fauteuils ces juges imposants,
Couverts d'une auréole aux rayons bienfaisants.
Qu'il est beau cet aspect d'un magistrat capable,
Où la justice luit sur son front respectable!
Dont les yeux pénétrants respirent la bonté!
La sévère vertu!... l'impartialité!...
Mais maudit soit celui dont l'âpre conscience
D'une coupable main fait pencher la balance:

Son cœur est un abîme où couve le remords
Qui plus tard le poursuit jusques aux sombres bords!...

Muse, hâtons-nous donc, marchons vers le Collége,
Nous y serons témoins d'un criant sacrilége!...
O vous, hommes de bien! venez voir en ces lieux
Ce temple abandonné qui périt sous vos yeux;
Venez donc méditer au pied de ces murs sombres!
Laissez-vous inspirer par ces pieux décombres!
Par ces restes debout, dignes de vos regards,
Et dont l'architecture atteste les beaux-arts.....
Adieu! saint monument aux ombres sépulcrales,
Qu'un reflet du soleil fait voir par intervalles,
Je parts, et mes esprits fixés sur ton beffroi,
S'il me semble, long-temps m'entretiendront de toi!...

Allons d'un pas léger vers notre préfecture,
Édifice nouveau, riche d'architecture;
Cet autre monument, par sa position,
Sera digne à jamais de l'admiration!
Ses deux ailes, sa cour, son parterre agréable,
Son grandiose effet, tout le rend remarquable.

3*

En son intérieur, les salons sont parés
De tableaux somptueux et de lambris dorés ;
Des glaces d'un grand luxe et de belles tentures,
Le tout enjolivé par de fraîches peintures ;
Enfin l'art et le goût ont juré par les dieux
Qu'en parfaite harmonie ils flatteraient les yeux.
Là, souvent on reçoit avec grand étalage,
Les fêtes et le bal sont pour le haut parage :
Les officiers publics, les graves magistrats,
Par devoir ou par goût y prennent leurs ébats.
Tel qui par tous les temps court à la Préfecture,
Qui, pour aller ailleurs, craint la moindre froidure ;
Chacun dans sa pensée a ses divers motifs,
Ils sont, disons-le bas, plus ou moins expressifs :
Ah Muse ! restreins-toi, le sujet est fragile ;
Taisons-nous et filons vers notre Hôtel-de-Ville.

Sur toi qu'est-il écrit, palais de la cité ?
Je ne sais ; mais je crois, par ton antiquité,
Que dans la nuit des temps, temps des prérogatives,
Tu fus édifié pour garder nos archives,
Et voir pieusement sur le livre des sorts,
Inscrire tour-à-tour les vivants et les morts !...

C'est là qu'est le lieu noir où couve l'artifice,
Des argus aux cents yeux, agents de la police ;
C'est là que nos élus, probes et généreux,
Veillent au bien de tous sous un chef scrupuleux.
Conseillers d'aujourd'hui, sans nulle flatterie,
Laissez à ma pensée, heureuse et bien mûrie,
Vous adresser à tous de justes compliments
Sur vos projets conçus en embellissements ;
Sur ceux exécutés, décorant notre ville,
Où se joint avec art l'agréable à l'utile.
Qu'il me soit donc permis d'émettre ici des vœux,
C'est de voir prolonger vos soins officieux,
Et long-temps mériter la faveur unanime
D'un public exigeant, non prodigue d'estime.

Outre ces monuments, Épinal offre encore
Des institutions, dignes qu'on les honore :
Gloire à toi, beau Collége, habilement conduit !
On doit sortir des bancs nourris d'un bien bon fruit.
Des sujets distingués, brillants de connaissances,
Ont trouvé dans ce lieu le germe des sciences ;

Le sexe peut aussi, dans ce pays charmant,
S'instruire et se former dans les arts d'agrément.
De bons pensionnats présentent la ressource
De perfectionner la raison dans sa source,
Et parer la jeunesse, avide du savoir,
Des fleurs de la science et des soins du devoir.
Il est aussi possible, alors qu'on le désire,
D'ajouter au savoir les talents qu'on admire,
Et d'obtenir chez soi les soins d'un professeur,
Qui, cultivant le goût, vous façonne le cœur.
Laurent, fils d'un bon maître en l'art de la peinture,
Fait dans cette partie, et surtout en sculpture,
De savants nourrissons. Quant au digne Beaurin,
Il trouve des succès dans le léger dessin ;
Et l'heureux Mangenot, sujet académique,
Est l'homme universel dans l'art de la musique!..
Bref, l'émulation, sans prétendre aux faveurs
Des neuf Muses, en corps peut obtenir des fleurs.
Aujourd'hui, du progrès la marche est souveraine,
Le génie est puissant, il séduit, il entraîne ;
Le fin poli des mœurs, partout se fait sentir,
Les rapports sont fréquents, chacun veut s'agrandir ;
Aussi dans Épinal, pour flatter le bel âge,
Et voir se dérouler des talents l'avantage,

Les salons sont ouverts : l'on vous reçoit, dit-on,
Pourvu que vous suiviez les formes du bon ton.
Là, vous êtes lancés dans les bals, les soirées,
Au milieu d'un beau sexe, aux toilettes parées,
Où scintille la gerbe et bien d'autres brillants ;
On se plaît à mirer le feu des diamants !
A contempler de près de charmantes figures,
Des dehors séduisants, d'élégantes tournures ;
On remarque surtout cet aimable enjoûment,
Qui vous porte à jouir des plaisirs du moment.
Placés pour essayer la vive contre-danse,
Au premier son qui vibre, on part tous en cadence ;
Et dans ce beau milieu de joie et de gaîté,
Aux grâces chacun joint l'aimable agilité.
Les cœurs qu'Amour conduit peignent avec adresse,
Par l'action des yeux, leur ardeur, leur ivresse ;
Et ceux libres, heureux, dans le calme des sens,
Sourient au bonheur : qu'ils sont doux leurs accents !
Vient après l'agrément de la valse expressive ;
Là, chaque cavalier, que le plaisir avive,
Pressant légèrement sa valseuse au corset,
S'élance et pirouette à brûler le parquet.
Délicieux moments ! les ames se confondent !
Les cœurs, quoique muets, par les yeux correspondent ;

La sympathique ardeur !... le délirant désir !...
La douce extase !... enfin, tout cède au vrai plaisir !...
Mais la danse, dit-on, ne plaît qu'à la jeunesse ;
L'âge mur se raidit, demeure sans souplesse ;
Mû par d'autres penchants, il fait avec gaîté
Quelques tours de brelan, ou bien un écarté.
D'accord, selon ses goûts il peut se satisfaire,
Tout est bien disposé pour flatter et pour plaire ;
Et jusqu'à la charade et d'autres jeux d'esprit,
Sont là pour exciter notre avide appétit.
En un mot le bon ton est sans cesse en usage,
On s'observe avec art, on tient un doux langage :
Si parfois les lazzis sont mis en action,
On a soin d'en user avec précaution ;
C'est toujours sous le voile et sans effronterie
Qu'on ose manier la fine raillerie,
Et le genre poli bannit les quolibets,
Les mauvais tours d'esprits, les propos indiscrets.
Pendant que du cadran l'acier lentement marche,
D'ineffables plaisirs on jouit sans relâche :
C'est une onde agitée, un flux continuel,
Un mouvement sans fin, un ris perpétuel ;
Tout n'est qu'émotion, bonheur et simpathie !
C'est pour l'heureux mortel le comble de la vie !...

Il est pourtant une heure où notre frêle corps,
Semble s'appesantir sous ses lascifs efforts.
Dans ce moment, parfois, une âme s'apitoie ;
Et quoique au sein des jeux, au milieu de la joie,
Son cœur est tout entier près du pauvre souffrant,
Que la misère accable en son coin tremblotant.
Cédant à son beau zèle, il ouvre une collecte :
L'idée est applaudie, et jusqu'à la coquette
Contribue à cette œuvre, en tâchant d'obtenir
L'obole du malheur !.. Et c'est là bien finir !...

Un mot sur le sexe spinalien.

L'amateur sait qu'en ces lieux enchantés
Viennent briller des essaims de beautés,
Beautés sans fard, et des plaisirs avides,
Que l'on compare aux légères Sylphides ;
Les jeux, les ris éclosent sous leurs pas,
Tout prête un charme à leurs divins appas !

A ces attraits se joint l'espiéglerie
Qui sied fort bien à leur coquetterie.
Les voyons-nous dans leurs simples atours ?
Quel teint de lys ! quels gracieux contours !
Quel beau vermeil règne sur leur figure !
Quel velouté dans leur voix claire et pure !...
Les trouve-t-on dans nos salons brillants ?
C'est à ravir ! Sans or ni diamants,
Tout plaît aux yeux ; leur toilette charmante,
Bien ajustée à leur taille élégante,
Fait ressortir leurs modestes trésors ;
Et là, sans faste, et sous de beaux dehors,
L'aimable blonde, au regard doux et tendre,
Sait par le cœur bien se faire comprendre ;
La fière brune, à l'œil vif et piquant,
Tient à notre ame un silence éloquent....
S'engage-t-on dans le gai tête-à-tête ?
Bientôt sur tout leur esprit se reflète :
Quels tours jolis dans l'art de dialoguer !
Quel fin talent pour bien épiloguer !
Le jeu de l'ame et leur bouche de rose
Rend la pensée à peine fraîche éclose ;
Et leur haleine au parfum odorant,
Cause à nos sens un délice énivrant !...

Les voyons-nous en la verte campagne?
Même gaîté partout les accompagne;
Ces lieux charmants égaient leurs loisirs,
Tout les invite à d'innocents plaisirs!
Sous un beau ciel la brise caressante
Agite au loin la verdure riante;
Et les oiseaux, par leurs chants et leurs jeux,
Semblent vous dire: Aimez, soyez joyeux!...
Là Cupidon, aux ailes azurées,
D'un divin souffle embaume ces contrées :
Un doux poison se glisse dans les sens;
Puis de l'Amour aspirant tout l'encens,
La prude cède à l'ardeur de sa flamme,
L'ingénue aime à nous ouvrir son ame ;
Comme parfois l'on obtient à genoux,
De la coquette un furtif rendez-vous;
Et l'on se dit, le cœur plein d'espérance :
O ma Laïs! j'adore ta puissance!
Tout me sourit, tout concourt à mes vœux,
C'est sous l'ormeau que je dois être heureux!...
Mais peut-on croire aux doux liens d'une chaîne?
Cette Laïs n'était qu'une inhumaine!
Jalouse, enfin, d'attacher à ses pas
Des soupirants que son cœur n'admet pas!...

Avec adresse usons de réticences,
En froids censeurs sondons les consciences,
Et démêlons dans le jeu des amours,
Les faux dehors, les replis, les détours ;
Car bien souvent maintes jeunes coquettes
Nous font subir de bien rudes défaites.
Ce vain défaut atteint-il la beauté ?
Non, le caprice a son joli côté :
Lors, concluons que la Spinalienne
Peut sur les cœurs régner en souveraine.

Le Casino.

Parlons du Casino, cercle philantropique,
Où chacun s'interdit tout débat politique,
Où l'on peut cependant par goût s'initier
Dans les opinions qu'on sait apprécier.
Là, vous n'êtes admis comme sociétaire,
Qu'autant que du scrutin vous sortez en bon frère,

Et dès que votre nom est inscrit au tableau,
Vous voilà sous le joug d'un code tout nouveau.
Dans ce lieu, remarquons la salle de lecture
Où sont tous les journaux, plus la Caricature,
Et des produits d'esprit où les grands chroniqueurs
Exhument sans pitié nos anciennes mœurs.
Parfois dans l'opuscule on voit du romantique
Où la raison se perd dans l'ombre hyperbolique;
Comme aussi le classique a son côté flatteur :
C'est une mosaïque agréable au lecteur.
Il est sur ce rayon des salles convenables,
Pour décors on y voit des billards et des tables;
Chacun fait sa partie, on met petit enjeu,
La règle prescrivant qu'il faut engager peu;
Et puis au résultat c'est la tasse gagnée,
Et le fin verre en sus, bonheur d'après dinée;
Le cœur s'en trouve bien, l'on digère à loisir,
Dans l'humble causerie on sourit de plaisir :
Sans faste et sans orgueil chaque membre s'aborde,
La règle du devoir exige la concorde;
C'est une république où règne le bon ton,
La seule devise est : « La paix et l'union ! »

Conclusion.

Voila sur Épinal ce que Phébus m'inspire :
J'eusse pu cependant encor vous décrire
Son heureuse industrie, habile dans les arts ;
Son commerce étendu, prudent dans les hasards ;
Sa foire, comme un flot couvrant toute la ville,
Laissant deux fois le mois un limon bien fertile ;
Ces marchés fructueux, qui, tous les samedis,
Attirent la banlieue et le voisin pays ;

L'esprit tout mercantile et qui par intervalle
Surgit avec chaleur dans le sein de sa Halle.
Comme aussi j'aurais pu, sous de riches couleurs,
Du franc Spinalien vous dépeindre les mœurs;
Vous le montrer humain en toute circonstance,
Dans ses opinions toujours fort de constance;
Chaleureux patriote, intrépide soldat,
Avide par amour des actions d'éclat;
Grand sur le point d'honneur, en tout montrant de l'ame
Sans que la passion porte atteinte à son calme;
Versé dans les beaux-arts, bien en société,
Et comme par instinct fier de sa liberté!...
Mais par son grand travail ma Muse trop usée
Sent ses ressorts si durs qu'elle en est épuisée :
Je me hâte de fuir du bas de l'Hélicon,
C'est assez bégayer la langue d'Appollon.

FIN.